金 元好問 著

遺山樂府

廣陵書社

甲午冬月廣陵書社據
彊村叢書舊版刷印

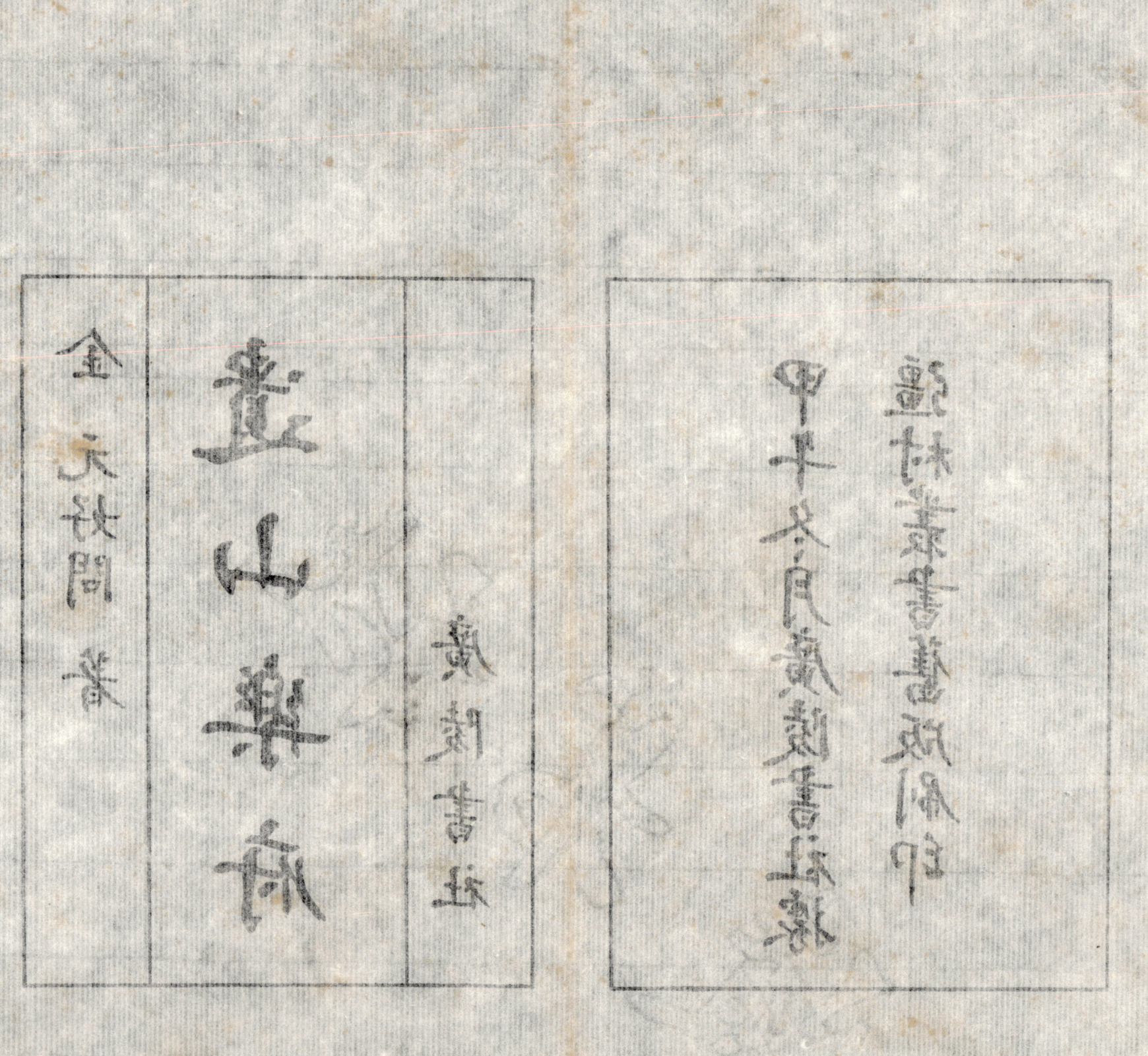

遺山自題樂府引

世所傳樂府多矣如山谷漁父詞青篛笠前無限事綠蓑衣底一時休斜風細雨轉船頭陳去非懷舊云憶昔午橋橋下飲坐中都是豪英長溝流月去無聲杏花疏影裏吹笛到天明三十年來成一夢此身雖在堪驚閒登高閣賞新晴古今多少事漁唱起三更又云高詠楚辭酬午日天涯節序悤悤榴花不似舞裙紅無人知此意歌罷滿簾風萬事一身傷老矣戎葵凝笑牆東酒杯深淺去年同試澆橋下水今夕到湘中如此等類詩家謂之言外句含咀之久不傳之妙隱然眉睫閒惟具眼者乃能賞之古有之人莫不飲食鮮能知味譬之羸牸老羝千煮百煉椒桂之香逆於人鼻然一吮之後敗絮滿口或厭而吐之矣必若金頭大鵝鹽養之再宿使一老奚知火候者烹之膚黃肪白愈嚼而味愈出乃可言其雋永耳歲甲午予所錄遺山新樂府成客有謂予者云子故言宋人詩大槪不及唐而樂府歌詞過之此論殊然樂府以來東坡爲第一以後便到辛稼軒此論亦然東坡稼軒卽不論且問遺山得意時自視秦晁賀晏諸人爲何如予大笑拊客背云那知許事且噉蛤蜊客亦笑而去十月五日太原元好問裕之題

遺山樂府目錄

卷之上

卷之中

卷之下

遺山樂府卷之上

太原　元好問　裕之

水調歌頭

少室玉華谷月夕與希顏欽叔飲醉中賦此玉華詩老宋洛陽耆英劉几伯壽也劉有二侍妾名萱草芳草吹鐵笛騎牛山閒玉華亭榭遺址在焉金堂玉室嵩山事石城瓊壁少室山三十六峰之名也

山家釀初熟取醉不論錢清溪留飲三日魚鳥亦欣然見說玉華詩老袖有忘憂萱草牛背穩於船鐵笛久埋沒雅曲竟誰傳　坐蒼苔敲亂石耿不眠長松夜半悲嘯笙鶴下遙天天上金堂玉室地下石城瓊壁別有一

山川把酒問明月今夕是何年

二

與李長源游龍門

灘聲蕩高壁秋氣靜雲林回頭洛陽城闕塵土一何深前日神光牛背今日春風馬耳因見古人心一笑青山底未受二毛侵　問龍門何所似似山陰平生夢想佳處留眼更登臨我有一卮芳酒喚取山花山鳥伴我醉時吟何必絲與竹山水有清音

三

緱山夜飲

石壇洗秋露喬木擁蒼煙緱山七月笙鶴曾此上賓天

爲問雲閒嵩少老眼無窮今古夜樂幾人傳宇宙一丠土城郭又千年　一襟風一片月酒尊前王喬爲汝轟飲留看醉時顛杳杳白雲青嶂蕩蕩銀河碧落長袖得回旋舉手謝浮世我是飲中仙

四

庚辰六月游玉華谷回過少姨廟壁閒得古仙詞同希顏欽叔譜詞中語爲之賦仙人詞今載於此夢入雲山宮闕幽鸞鶩同侶鴛鳳流桂月竟夜光不收世俗擾擾成蠶湫醉飛星馭鞭金虯八仙浪迹追眞游鼂玉筌蹄四十秋摩霄沘䆊須人求覓劒如或笑刻舟陽燧非無鹿里儔元鼎以來虛崑丠東井徒勞冠

帶修松餐竹飲度蜃樓嵩頂坐笑垂直鉤祇應慙愧

劉幽州又題知音者無惜留迹

興定庚辰六月望予與河南元好問趙郡李獻能同游玉華谷將歷嵩前諸剎因過少姨祠元周行廊廡得古仙人詞於壁閒然其首章直屋漏雨爲所漫剝殆不能辨磴木石而上拂拭滓滌迫視者久之始可完讀觀其體則柏梁事則終始二漢字畫在鍾王之閒東井又元鼎所都幽州必賢子虞也夫眷眷不忘幽州者非吾田疇何誰歟田復所事之讎御曹瞞之賞衰俗波蕩中挺挺有烈丈夫語氣其死而不忘蓋無疑其能道此語亦無疑觀

者不當以文體古今之變而疑仙語也噫仙山靈岳宜有閎衍博大眞人往來乎其閒而世人莫之識也予三人者乃今見之夫豈偶然哉再拜留迹以附知音者之末云渾源雷淵題

雲山有宮闕浩蕩玉華秋何年鸞鶯同侶清夢入眞游細看詩中元鼎似道區區東井冠帶事崑崙壞壁洈風雨醉墨失蛟虬　問詩仙緣底事愧幽州知音定在何許此語爲誰留世外青天明月世上紅塵白日我亦厭囂湫一笑拂衣去嵩頂坐垂鈎

五

與欽叔飲時予以同州錄事判官入館故有判司之語

長安夏秋雨泥潦滿街衢先生閉戸轟飲鄰屋厭歌呼慚愧君家兄弟半世相親相愛知我是狂夫禮法略苛細言語任乖疏　判司官一囊米五車書騎驢冠蓋叢裏鞍馬避僮奴只有平生親舊歡笑窮年竟日未必古人如酒賤可頻置時爲過吾廬

六

賦德新王丈玉溪溪在嵩前費莊兩山絕勝處也

空濛玉華曉瀟灑石淙秋嵩高大有佳處元在玉溪頭翠壁丹崖千丈古木寒藤兩岸村落帶林丘今日好風色可以放吾舟　百年來算惟有此翁游山川邂逅佳

客猨鳥亦相留父老雞豚鄉社兒女籃輿竹几來往亦
風流萬事已華髮吾道付滄洲

七

賦三門津

黃河九天上人鬼瞰重關長風怒捲高浪飛灑日光寒
峻似呂梁千仞壯似錢塘八月直下洗塵寰萬象入橫
潰依舊一峰閒　仰危巢雙鵠過杳難攀人閒此險何
用萬古祕神姦不用然犀下照未必佽飛強射有力障
狂瀾喚取騎鯨客撾鼓過銀山

八

長源被放西歸長安過予內鄉置酒半山亭有詩見

及因爲賦此

相思一尊酒今日盡君歡長歌一寫孤憤西北望長安
鬱鬱闇門軒蓋浩浩龍津車馬風雪一家寒鐘鼓催人
老天地爲誰寬　丈夫兒倚天劍切雲冠可能封塞包
口驅去復來還清廟千金康瓠短褐連城雙璧行路古
來難松柏在南澗留待百年看

九

史館夜直

形神自相語咄諾汝來前天公生汝何意寧獨有畸偏
萬事粗疏潦倒半世棲遲零落甘受衆人憐許汜臥牀
下趙壹倚門邊　五車書都不博一囊錢長安自古歧

路難似上青天雞黍年年鄉社桃李家家春酒平地有
神仙歸去不歸去鼻孔欲誰穿

十

長壽新齋

蒼煙百年木春雨一溪花移居白鹿東崦家具滿樵車
舊有黃牛十角分(去聲)得山田一曲涼薄丁生涯一笑顧
兒女今日是山家　簿書叢鈴夜掣鼓晨撾人生一枕
春夢辛苦趁蜂衙竹里藍田山下草閣百花潭上千古
占煙霞更看商於路別有故侯瓜

十一

汜水故城登眺

牛羊散平楚落日漢家營龍拏虎擲何處野蔓罥荒城
遥想朱旗回指萬里風雲奔走慘澹五年兵天地入鞭
箠毛髮懍威靈　一千年成臯路幾人經長河浩浩東
注不盡古今情誰謂麻池小豎偶解東門長嘯取次論
韓彭慷慨一尊酒胸次若爲平

摸魚兒

正月二十七日予與希顏陪馮內翰丈游龍母潭韓
吏部釣於龍潭遇雷事見天封題名即此地也既歸
宿於近潭田舍翁家是夜雷雨大作望潭中火光燭
天明日旁近言龍起大槐中父老云正月龍起前此
未見也龍潭寺南窪尊馮丈所名

笑青山不解留客林丠夜半掀舉蕭蕭暮景千山雪銀
箭忽傳飛雨還記否又恐似龍潭垂釣風雷怒山人艮
苦料只爲三年長安道上來與浣塵土　清陰渡渺渺
風煙杖屨名山元有佳處山僧乞去聲我溪南地十里瘦
藤高樹私自語更須問窪尊此日誰賓主朝來暮去要
山鳥山花前歌後舞從我醉鄉路

二

乙丑歲赴試并州道逢捕鴈者云今旦獲一鴈殺之
矣其脫網者悲鳴不能去竟自投於地而死予因買
得之葬之汾水之上累石爲識號曰鴈丠時同行者
多爲賦詩予亦有鴈丠辭舊所作無宮商今改定之

恨人間情是何物直教生死相許天南地北雙飛客老
翅幾回寒暑歡樂趣離别苦是中更有癡兒女君應有
語渺萬里層雲千山暮景隻影爲誰去　橫汾路寂寞
當年簫鼓荒煙依舊平楚招魂楚些何嗟及山鬼自啼
風雨天也妒未信與鶯兒燕子俱黃土千秋萬古爲留
待騷人狂歌痛飲來訪鴈丠處

李仁卿同賦附

鴈雙雙正飛汾水回頭生死殊路天長地久相思
債何似眼前俱去摧勁羽儻萬一幽冥却有重逢
處詩翁感遇把江北江南風嘹月唳并付一丠土
仍爲汝小草幽蘭麗句聲聲字字酸楚拍江秋

影今何在宰木欲迷堤樹霜魂苦算猶勝王嬙靑
冢貞娘墓憑誰說與歎鳥道長空龍艘古渡馬耳
淚如雨

三

泰和中大名民家小兒女有以私情不如意赴水者
官爲蹤迹之無見也其後踏藕者得二尸水中衣服
仍可驗其事乃白是歲此陂荷花開無不並蔕者沁
水梁國用時爲錄事判官爲李用章内翰言如此此
曲以樂府雙蕖怨命篇咀五色之靈芝香生九竅嚥
三清之瑞露春動七情韓偓香奩集中自敘語

問蓮根有絲多少蓮心知爲誰苦雙花脈脈嬌相向只

是舊家兒女天已許甚不教白頭生死鴛鴦浦夕陽無
語算謝客煙中湘妃江上未是斷腸處　香奩夢好在
靈芝瑞露人間俯仰今古海枯石爛情緣在幽恨不埋
黃土相思樹流年度無端又被西風誤蘭舟少住怕載
酒重來紅衣半落狼藉臥風雨

李仁卿同賦附

爲多情和天也老不應情遽如許請君試聽雙蕖
怨方見此情眞處誰點注香瀲灔銀塘對抹胭脂
露藕絲幾縷絆玉骨春心金沙曉淚漠漠瑞紅吐
連理樹一樣驪山懷古古今朝暮雲雨六郎夫
婦三生夢腸斷目成眉語須喚取共鴛鴦翡翠照

影長相聚西風不住恨寂寞芳魂輕煙北渚涼月

又南浦

木蘭花慢

孟津官舍寄欽若欽用昆仲並長安故人

流年春夢過記書劍入西州對得意江山十千沽酒著處歡游興亡事天也老儘消沈不盡古今愁落日霸陵原上野煙凝碧池頭　風聲習氣想風流終擬覓菟裘待射虎南山短衣匹馬騰踏清秋黃塵道何時了料故人應也怪遲留只問寒沙過鴈幾番王粲登樓

二

擁都門冠蓋瑤圃秀轉春暉悵華屋生存丘山零落事往人非追隨舊家誰在但千年遼鶴去還歸繫馬鳳凰樓柱倚弓玉女窗扉　江頭花落亂鶯飛南望重依依渺天際歸舟雲間汀樹水繞山圍相期更當何處算古來相接眼中稀寄與蘭成新賦也應為我沾衣

三

賦招魂九辯一尊酒與誰同對零落棲遲興亡離合此意何窮悤悤百年世事意功名多在黑頭公喬木蕭蕭故國孤鴻澹澹長空　門前花柳又春風醉眼眩青紅問造物何心村簫社鼓奔走兒童天東故人好在莫生平豪氣減元龍夢到琅邪臺上依然湖海沈雄

四

對西山搖落又匹馬過并州恨秋鴈年年長空[illegible]濟事往情留白頭幾回南北竟何人談笑得封侯愁裏狂歌濁酒夢中錦帶吳鉤 巖城笳鼓動高秋萬竈擁貔貅覺全晉山河風聲習氣未滅風流風流故家人物慨中宵拊枕憶同游不用聞雞起舞且須乘月登樓

五

游三臺二首

擁岧岧雙闕龍虎氣鬱崢嶸想暮雨珠簾秋香桂樹指顧臺城臺城為誰西望但哀絃淒斷似平生只道江山如畫爭教天地無情 風雲奔走十年兵慘澹入經營問對酒當歌曹侯墓上何用虛名青青故都喬木悵西

陵遺恨幾時平安得參軍健筆為君重賦蕪城

六

渺漳流東下流不盡古今情記海上三山雲中雙闕當日南城黃星幾年飛去澹春陰平野草青青冰井猶殘石甃露盤已失金莖 風流千古短歌行慷慨缺壺聲想釃酒臨江賦詩鞍馬詞氣縱橫飄零舊家王粲似南飛烏鵲月三更笑殺西園賦客壯懷無復平生

水龍吟

從商帥國器獵於南陽同仲澤鼎玉賦此

少年射虎名豪等閑赤羽千夫膳金鈴錦領平原千騎星流電轉路斷飛潛霧隨騰沸長圍高捲看川空谷靜

旌旗動色得意似平生戰　城月迢迢鼓角夜如何軍
中高宴江淮草木中原狐兔先聲自遠蓋世韓彭可能
只辦尋常鷹犬問元戎早晚鳴鞭徑去解天山箭

仲澤同賦附

短衣匹馬清秋慣曾射虎南山下西風白水石鯨
鱗甲山川圖畫千古神州一時盛事賓寮儒雅使
長堤萬弩平原千騎波濤捲魚龍夜　落日孤城
吹角笑歸來長圍初罷風雲慘澹貔貅得意旌旗
閒暇萬里天河會須一洗中原兵馬看櫜鞬鳴咽
咸陽道左拜西還駕

二

舊家八月池臺露華涼冷金波漲盡玉笛霓裳仙譜
涼州新釀一枕開元夢恍猶記華清天上對昆明火冷
蓬萊水淺新亭淚空相向　爛漫東原此夕夜如何高
秋空曠一杯徑醉憑君莫問今來古往萬里孤光五湖
高興百年清賞倩何人喚取飛瓊佐酒作穿雲唱

三

素丸何處飛來照人只是承平舊兵塵萬里家書三月
無言搔首幾許光陰幾回歡聚長教分手料婆娑桂樹
多應笑我憔悴似金城柳　不愛竹西歌吹愛空山玉
壺清晝尋常夢裏鸞車盤谷拏舟方口不負人生古來
惟有中秋重九願年年此夕團欒兒女醉山中酒

惟有中秋重九賴年年此夕團欒兒女醉山中酒
誰消晝尋常要宴賞車盤谷搴帷方口不負人生古來
多應笑我燕昏似金城柳　不愛竹西歌吹愛空山玉
無言搔首幾許光陰幾回歡聚長教分手料後栽樹
若九何處舉杯照人只是承平舊兵鑑萬里家書三月
三
高興百年清賞箇儂人驂取殘鑾佐酒仟罍唱
秋空費一杯座醉還沿莫問今來古往萬里孤光玉湖
蓬萊水後新亭淚空相向　爛漫東原此夕夜如何高
涼州新釀一枕開元夢悅猶記華清天上對昆明火令
舊家八月池畫露華涼冷金波瀲灩王王留鸞笑仙譜

二
成陽道左拜西還鑾
一
閉嘶萬里天河會須一洗中原兵馬看鑾輿鳴咽
吹角笑歸來長圍初罷風雲慘澹淋漓得意旌旗
長堤萬籟平原千騎波濤卷魚龍夜　落日孤城
鱗甲山川圖畫千古神州一時盛事賓賓儒雅使
短衣匹馬清秋慣曾射虎南山下西風白水石鯨
仲澤同賦阿
只辦壽觴灝大開元放早晚鳴鞭觴海天山箭
中高宴江淮草木中原狐兔先聲自遠話世韓彭可能
遙旗動色得意平生職　城月邊鼓角夜如何睡

四 同德秀游盤谷

接雲千丈層崖古來此地風煙好青山得意十分濃秀都將傾倒可恨孤峰幾回空見松筠枯槁自都門送別高車秣馬誰更問(一作向)盤中道 我愛陂塘南畔小川平橫岡迴抱野麋山鹿平生心在長林豐草婢織奴耕歲時供我酒船茶竈把人間萬事從頭放下只山中老

五 陳希夷睡歌有契予心因行之

百年同是行人酒鄉獨有歸休地此心安處良辰美景般般稱遂力士鐺頭舒州杓畔不妨游戲算爲狂爲隱

非狂非隱人誰解先生意 莫笑糊塗老眼幾回看紅輪西墜一杯到手人間萬事俱然少味范蠡張良儘他驚怪陳摶貪睡且陶陶兀兀今朝醉了更明朝醉

沁園春

除夕二首

腐朽神奇夢幻吞侵朝昏變遷悵殘燈舊歲雞聲競早春風歸興鴈影相先南渡崩奔東屯留滯世事悠悠白髮邊虛名誤徧人間浪走恰到求田 青紅花柳爭妍意醉眼天公也放顛更雲雷怒捲頹波一注冰霜冷看老檜千年園令家居陶潛官罷無酒令人意缺然從教去付青山枕上明月尊前

再見新正去歲逐貧今年送窮算公田二頃誰如元亮吳牛十角未比龜蒙面目堪憎語言無味五鬼行來此病同窗鹽裏似楊雄寂寞韓愈龍鍾　何人炮鳳烹龍且莫笑先生飯甑空便看來朝鏡都無勳業拈將詩筆猶有神通花柳橫陳江山呈露盡入經營慘澹中閒身在看薄批明月細切清風

賀新郎

箜篌曲為艮佐所親賦

赴節金釵促愛絃閒冷冷細語非琴非筑別鶴離鸞雲千里風雨孤猨夜哭只雌蝶雄蜂同宿汀樹詩成歸舟

遠認宮眉隱隱春山綠歌宛轉淚盈掬　吳兒越女皆冰玉恨不及徘徊星漢流光相屬破鏡何年清輝滿寂寞佳人空谷入世事尋常翻覆入塞新聲愁未了更傷心聽得開元曲呼羯鼓醉紅燭

最高樓

商於魯縣北山

商於路山遠客來稀雞犬靜柴扉東家歡飲薑芽脆西家留宿芋魁肥覺重來猨與鶴總忘機　問華屋高貲誰不戀問美食大官誰不羨風浪裏竟安歸雲山既不求吾是林泉又不責吾非任年年藜藿飯芰荷衣

玉漏遲

壬辰圍城中有懷浙江別業

浙江歸路杳西南仰羨投林高鳥升斗微官世累苦相縈繞不入麒麟畫裏又不與巢由同調時自笑虛名負我平生吟嘯 擾擾馬足車塵被歲月無情暗消年少鐘鼎山林一事幾時曾了四壁秋蟲夜語更一點殘燈斜照青鏡曉白髮又添多少

滿江紅

嵩山中作

天上飛鳥問誰遣東生西沒明鏡裏朝爲青鬢暮爲華髮弱水蓬萊三萬里夢魂不到金銀闕更幾人能有謝家山飛仙骨 山鳥哢林花發玉杯冷秋雲滑彭殤共一醉不爭毫末鞭石何年滄海過三山只是尊中物暫放教老子據胡牀邀明月

二

內鄉作

老樹荒臺秋興動悠然獨酌秋也老江山憔悴鬢華先覺人到中年原易感眼看華屋歸零落算世間惟有醉鄉民平生樂 淩浩蕩觀寥廓月爲燭雲爲幄盡百川都釀不供杯杓身外虛名將底用古來已錯今尤錯喚野猨山鳥一時歌休休莫

三

內鄉半山亭浮休居士張芸叟窪尊石刻在焉

內鄉牛山亭浮休居士張芸叟遺墨石刻在焉

三

野叟山鳥一時歌休休休休莫

酒醆不供杯杓身外休迴名利波川古來已錯今尤錯喫

鄉民平生樂　後皆鮮觀寥廓月爲燭雲爲幢盡百川

覺人到中年原易感眼前暮屋歸雲落筆世間惟有酒

老樹荒臺秋興動悠然獨酌秋也老江山無碎讀韓先

內鄉作

二

收欲老子擬胡林邀明月

一醉不爭毫末顛石何年滄海過三山只是尊中物醬

來山稱仙骨　山鳥啼林花發玉杯冷秋雲清苦渴洪

長弱水蓬萊三萬里夢魂不到金鑾闕更幾人能有謝

天上飛鳥問誰遣東生西沒明鏡裏朝爲青鬢暮爲華

嵩山中作

滿江紅

斜照青鏡照白髮又添多少

富鼎山林一事幾時曾了四壁秋蟲夜語更一點殘燈

秋平生吟嘯　優遊馬足車塵被歲月無情暗消年少

榮繼不入濂洛畫裏又不與鍾由同調時自笑虛名負

浙江歸路杳西南仰羨投林高鳥升斗微官世界苦相

上辰閣城中有懷浙江別業

江上窪尊人道有浮休遺迹尊俎地江山如畫百年岑寂白鶴重來城郭在山花山鳥渾相識便與君載酒半山亭追疇昔　人易老時難得歡未減悲還及身前與身後杳無終極一笑何須留故事千年誰復知今日拚醉來橫臥隴頭雲林閒石

四

方城商帥國器軍中寄同年李欽用時欽用爲西臺掾在長安

漢水方城今古道幾回投迹留滯久浩歌狂醉此心誰識渭北清光搖草樹故人對酒相應識記雨窗相對話離憂秋風夕　風月笛煙霞屐身易老時難得烏飛天不盡野春平碧我夢秦東亭上飲舉頭但見長安日便與君重結入關期明年必

五

送希顏之官徐州

元鼎詩仙知音少喜君留迹還有恨故山飛去石城瓊壁萬里征西天有意四方問舍今何日便金虯飛馭解移文知無及　淮海地雲雷夕自不負髯如戟望幕中談笑隱然勍敵此老何堪丞掾事佳時但要江山筆向楚王臺上酒酣時須相憶

六

郝仲純使君守坊州枉道過予於登封同宿縣西峻

郝中純使君守楚州枉道過予於登封同宿縣西齋

六

楚王臺上酒酣時須相憶
談笑驪縱動敵此者何堪詠擲事佳時但要江山會向
移文知無及　淮海地雲雷久自不負彈如鼓望幕中
運籌萬里征西天有意四方間含今何日便鈴中飛馭解
元帥詩仙知音少喜留遺迹遺有恨故山飛去石成頭

送希顏之官徐州

五

與君重結人間期明年必
不盡野香平昔我嬌秦東亭上飲舉頭但見長安日便

離憂秋風分　風月館煙霞底身易老時難得鳥飛天
識渭北清光嫌草樹故人尊酒相應識話雨窗相對話
漢水方城今古道幾回投迹留滯人浩歌狂醉此心誰
漾在長安

方城商帥國器軍中書同年李欽用時欽用為西臺

四

醉來橫臥隴頭雲林間石
身後杳無蹤極一笑何須留故事千年誰復知今日拌
山亭追歸昔　人易老時難得歡未滅悲遺及身前興
淑白鶴重來城郭在山花山鳥渾相識便與君載酒半
江上追尋人道有浮休遺迹尊俎地江山如畫古今今

極寺會予以事當往山中仲純留兵騎見候且約別於洛陽明日大雨三日轘轅不可行作此寄之使君以貴胄起家風流有文詞仕至鳳翔治中南山安撫使先保陜州有功故篇中及之

畫戟清香誰得似韋郎詩筆還又見從容車騎待州西北竹馬兒童應有語使君姓字人人識是往時曾護國西門金湯壁　千日醉三更席事已去尋無迹對暮涼燈火悵然如失萬里功名知未免中年離別尤堪惜恨洛陽風雨暗旌旗空相憶

七

枕上吳山隱隱見宮眉修碧人好在斷腸渾似畫圖相識羅韈塵香來有信玉簫聲遠尋無迹恨不將春色醉仙桃迷芳席　嬋娟月韶華日夢已盡愁仍積江花共江草幾時終極錦樹摧殘胡蝶老冰綃翦破鴛鴦隻拌楚雲湘雨一生休休相憶

八

一枕餘酲厭厭共相思無力人語定小窗風雨暮寒岑寂繡被留歡香未減錦書封淚紅猶溼問寸腸能著幾多愁朝還夕　春草遠春江碧雲暗澹花狼藉更柳緜閒颺柳絲誰織入夢終疑神女賦寫情除有文星筆恨伯勞東去燕西歸空相憶

念奴嬌

欽叔欽用避兵太華絕頂以書見招因爲賦此

雲閒太華笑蒼然塵世眞成何物玉井蓮開花十丈獨立蒼龍絕壁九點齊州一杯滄海半落天山雪中原逐鹿定知誰是雄傑　我夢黃鶴移書洪崖招隱逸興尊中發箭筈天門飛不到落日旌旗明滅華屋生存北山零落幾換青青髮人閒休問浩歌且醉明月

永遇樂

夢中有以王正之樂府相示者予但記其末云莫嫌滿鏡星星白髮中有利名千丈待明朝有酒如川自歌自放然正之未嘗有此作也明日以示友人希顏欽叔謂可作永遇樂補成之因爲賦此二公亦曾同

作

絕壁孤雲冷泉高竹茅舍相忘留滯三年相思千里歸夢風煙上天公老大依然兒戲困我世閒羈靮此身似扁舟一葉浩浩拍天風浪　中臺黃散官倉紅腐換得塵容俗狀枕上哦詩夢中得句笑了還惆悵可憐滿鏡星星白髮中有利名千丈問何時有酒如川自歌自放

聲聲慢

內鄉淅江上作

林閒雞犬江上村墟扁舟處處經過袖裏新詩買斷古木蒼波山中一花一草也留教老子婆娑任人笑甚風雲氣少兒女情多　不待求田問舍被朝吟暮醉慣得

蹉跎百尺高樓更問平地如何朝來斜風細雨喜紅塵不到漁蓑一尊酒喚元龍來聽浩歌

遺山樂府卷之中

太原　元好問　裕之

石州慢

赴召史館與德新丈別於岳祠西新店明日以此寄之

擊筑行歌鞍馬賦詩年少豪舉從渠里社浮沈枉笑人閒兒女生平王粲而今顦顇登樓江山信美非吾土天地一飛鴻渺翩翩何許　羇旅山中父老相逢應念此行良苦幾許虛名誤卻東家雞黍漫漫長路蕭蕭兩鬢黃塵騎驢漫與行人語詩句欲成時滿西山風雨

二

兒女籃輿田舍老盆隨意林壑三重屋上黃茅賴是秋風留著舊家年少也曾東抹西塗鬢毛爭信星星卻歲暮日斜時儘棲遲零落　如昨青雲飛蓋追隨傾動故都城郭疊鼓凝笳幾處銀屏珠箔夢中身世只知雞犬新豐西園勝賞驚還覺霜葉晚蕭蕭滿疏林寒雀

洞仙歌

超化蘸碧軒得欽叔書有相調之語因代書以寄寺有長明燈龕卽所見而言

靑錢白璧自買愁腸繞更恨歡狂負年少記陽關圖上尊酒流連兒女淚輸與閒人坐釣　茂陵多病後懶盡琴心無復求凰與同調似淸風古殿風動幡搖晴晝永

惟有龕燈靜照雙胡蝶飛來濟無情問牆角莪葵爲誰
凝笑
二
黃塵鬢髮六月長安道薵向清溪照枯槁似山中遠志
漫出山來成箇甚只是人閒小草　升平十二策丞相
封侯說與高人應笑倒對清風明月展放眉頭長恁地
大醉高歌也好待都把功名付時流只求箇天公放教
空老
滿庭芳
遇仙樓酒家楊廣道趙君瑞皆山後人其鄉僧號李
菩薩者人頗以爲狂嘗就二人借宿每夜客散乃從

外來臥具有閒牋則就之不然赤地亦寢一日天寒
楊生與之酒僧若愧無以報主人者晨起持酒盌出
同宿者聞噀酒聲少之僧來說云增明亭前花開矣
公等往觀之人熟其狂不信也已而視庭中牡丹果
開兩花是後僧不復至京師來觀者車馬闐咽醉客
相枕藉酒壚爲之一空趙禮部爲雷御史希顏所請
即席同予賦之時正大四年之十月也
妝鏡韶華牙籤名品慣看培養經年何年曾見槁葉散
芳妍知是毗耶坐客三生夢猶有情緣熏香手融霞暈
雪來占百花前　嫣然誰爲笑珠圍翠繞且共流連待
詩中偷寫畫裏眞傳繡帽擁霜凝紫塞瓊肌瑩春滿溫

江城子
見伶空春風老摘鬟羅蕪敘寞燈前
中羊北攏百草動荒煙真詰知昭陽舊事似天教適德
秋扇年半一木綠蝶夢覺問古故家桃李何許爭妍便
樹步步金蓮明滅重簾燭幾處鎖嬋娟塵暗秦王文
王京興龍香滿面來寶變月中傳有六朝圖畫朝朝夏
二
西北漢沽樂青山好一尊未盡且共登臨
問王兵誰作借天地更生金百年來神州萬里空浮雲
地黃屋無心木沙嶺崩石家見人間幾度分鼎朝盡銷
蒼百態變時陵山下一溪流水不安是非侵寂寞戀孤

許君祠層處上峰巒幽林人清深坐書北少室風煙濃
同張古人觀許由塚古人名賢字仲升燕人
八聲甘州
仙游
讀日容光動玉堂夏舟都人士年年十月常記遇
起綠綠紅愁春天香國色梅萌替人蓋盡揭紗籠
好精天禱葉穠鹽破春柔　狂僧誰借手一杯喚
看游王州常見牡丹開煥獨古醫素而風流仙家
天上殿韓湘讖官府爛游鐘樹歌樓開花釀酒來
坐主閣公所賦附
泉新叢在梁園異事并記王堂仙

效花閒體詠海棠

蜀禽啼血染氷紈趁花期占芳菲翠袖盈盈凝笑弄晴暉比盡世間誰似得飛燕瘦玉環肥　一番風雨未應稀怨春遲怕春歸恨不高張紅錦百重圍多載酒來連夜看嫌化作彩雲飛

二

姚家池館魏家鄰上番春姓名新傾國傾城爲雨復爲雲水北水南無別物金屑粉麝香塵　折枝圖上看精神見來頻畫來眞辨作黃徐無負百年身也待不來花下醉嫌笑殺洛陽人

三

醉來長袖舞雞鳴短歌行壯心驚西北神州依舊一新亭三十六峰長劒在星斗氣鬱崢嶸　古來豪俠數幽幷雙星星竟何成他日封侯編簡爲誰青一掬釣魚壇上淚風浩浩雨冥冥（釣壇見嚴光傳）

四

寄德新丈

春風花柳日相催淅江梅臘前開開徧山桃恰到野酴醿商嶺東來三百里紅作陣綠成堆　半山亭下釣魚臺拂層崖坐蒼苔林影湖光佳處兩三杯寄語玉溪王老子因箇甚不同來

五

草堂瀟灑淛江頭傍林丠買扁舟隔岸紅塵無路近沙
鷗枕上有書尊有酒身外事更何求　暮雲歸鳥仲宣
樓儆貂裘爲誰留千古書生那得盡封侯好在半山亭
下路聞未老去來休

六

賦芍藥揚州紅

司花著意壓春魁綠雲堆擁香來冉冉紅鸞十步一徘
徊花到揚州佳麗種金作屋玉爲階　門前腰鼓揭春
雷倚妝臺儘人催鶯語丁寧空繞百千回不道惜花人
欲去看直待幾時開

七

內鄉縣廨芳菊堂前大酴醾架芳香絕異常年開時
人有見素衣美婦追視之無有也或者以爲花神故
併記之

纖條嫋嫋雪蔥蘢翠陰重暖香融想是春工滿意與薰
釀百畹種蘭千畝蕙都辦作一簾風　花閒人似玉芙
蓉月明中下瑤宮只恐行雲歸去捲花空賸著瓊杯斟
曉露留少住莫悤悤

八

嵩山中作

衆人皆醉屈原醒笑劉伶酒爲名不道劉伶久矣笑螟
蛉死葬糟丠殊不惡緣底事赴清泠　醉鄉千古一升

平物忘情我忘形相去羲皇不到一牛鳴若見三閭憑
寄語尊有酒可同傾

九

二更轟飲四更回宴繁臺盡觴枚誰念梁園回首便成
灰今古廢興渾一夢憑底物寄悲哀　青天蕩蕩鏡匲
開月光來且徘徊何用東生西沒苦相催世事悠悠吾
老矣歌一曲盡餘杯

十

夢德新丈因及欽叔舊游

河山亭上酒如川玉堂仙重留連猶恨春風桃李負芳
年長記鶯啼花落處歌扇後舞衫前　舊遊風月夢相

牽路三千去無緣滅沒飛鴻一線入秋煙白髮故人今
健否西北望一潸然

十一

劉濟川來別同宿康庵夢與予過田家飲行及太原
作此爲寄

來鴻去燕十年閒鏡中看各衰顏恰待蒙泉東畔買青
山夢裏鄰村新釀熟攜竹杖款柴關　人生誰得老來
閒記清歡見君難長路悠悠回首暮雲還斷嶺不遮南
望眼時爲我一憑闌濟川阜昌諸孫在灞上時及與伯玉知幾游從

十二

觀別

旗亭誰唱渭城詩酒盈卮兩相思萬古垂楊都是折殘枝舊見青山青似染緣底事澹無姿 情緣不到木腸兒鬢成絲更須辭只恨芙蓉秋露洗胭脂爲問世間離別淚何日是滴休時

十三

河堤煙樹渺雲沙七香車更天涯萬古千秋幽恨入琵琶想到都門南下望金縷暗玉釵斜 津橋春水浸紅霞上陽花落誰家獨恨經年培養牡丹芽寒鴈歸時憑寄語莫容易損容華

十四

行雲冉冉度關山別時難見時難悵望南風早晚送雲

還心事情緣千萬劫無計解玉連環 夕陽人影小樓閒曲闌干晚風寒料得而今前後望歸鞍寂寞梨花枝上雨人不見與誰彈

三奠子

同國器帥艮佐仲澤置酒南陽故城

上高城置酒遙望春陵興與廢兩虛名江山埋王氣草木動威靈中原鹿千年後儘人爭 風雲寤寐鞍馬生平鐘鼎上幾書生軍門高密策田畝臥龍耕南陽道西山色古今情

二

離南陽後作

悵韶華流轉無計留連行樂地一悽然笙歌寒食後桃李惡風前連環玉回文錦兩纏綿　芳塵未遠幽意誰傳千古恨再生緣閒衾香易冷孤枕夢難圓西窗雨南樓月夜如年

行香子

漫漫晴波瀰瀰雲羅傍春江是處經過桃花解笑楊柳能歌儘百年身千古意兩蹉跎　酒惡無聊詩苦成魔只閒情不易消磨幾人樵徑何處山阿恨夕陽遲芳草遠落紅多（時在浙江）

感皇恩

洛西為劉景玄賦秋蓮曲

金粉拂霓裳淩波微步瘦玉亭亭倚秋渚瀰香高韻費盡一天清露惱人容易被西風誤　微雨岸花斜陽汀樹自惜風流怨遲暮珠簾青竹應有阿溪新句斷魂誰解與煙中語

二

夢寐見并州今朝身到未怕清汾照枯槁百年狂興盡與家山傾倒黑頭誰辨得歸來早　梁苑綠波長安春草惆悵行人暗中老故人相送記得臨行曾道故園行樂地依然好（末後鄉人王儀玉樂府語也）

促拍醜奴兒

學閑閑公體

朝鏡惜蹉跎一年年來日無多無情六合乾坤裏顛鸞倒鳳撐霆裂月直被消磨　世事飽經過算都輸暢飲高歌天公不禁人閒酒良辰美景賞心樂事不醉如何

閑閑公所賦附

風雨替花愁風雨罷花也應休勸君莫惜花前醉今年花謝明年花謝白了人頭　乘興兩三甌揀溪山好處追游但教有酒身無事有花也好無花也好選甚春秋

二

皇甫季真湯餅局二女則牙牙學語五男則鴈鴈成行見司空表聖一鳴集障車文

朱麝掌中香可憐兒初浴蘭湯靈椿未老丹枝秀東隣西舍排家助喜沽酒牽羊　天與讀書郎便安排富貴文章高門自有容車日明年且看青衫竹馬鴈鴈成行

三

鄉鄰會飲有請予增損舊曲者因爲賦此

無物慰蹉跎占一些一番婆娑閒來點檢平生事天南地北幾多塵土何限風波　花塢與松坡盡先生少小經過老來詩酒猶堪任家山在眼親朋滿坐不醉如何

青玉案

落紅吹滿沙頭路似總爲春將去花落花開春幾度多情惟有畫梁雙燕知道春歸處　鏡中冉冉韶華暮欲

寫幽懷恨無句九十花期能幾許一巵芳酒一襟清淚寂寞西窗雨

二

代贈欽叔所親樂府鄴生

苧蘿坊裏青驄駐愛鸚鵡垂簾語一捻嬌春能幾許寒梅欲動小桃初放恰是關心處　西城流水東城雨綠葉成陰慣相誤只恐韶華容易去一聲金縷一巵芳酒且爲花枝住

婆羅門引

望月

素蟾散彩九秋風露發清妍常娥儘有情緣留著三五盈盈永夜照憑肩看晚妝臨鏡若箇嬋娟　尋常月圓恨都向別時偏幾度郵亭枕上野店尊前珠明玉秀算一日相看一日仙人共月長似今年

江梅引

泰和中西州士人家女阿金姿色絕妙其家欲得佳壻使女自擇同郡某郎獨華腴且以文彩風流自名女欲得之嘗見郎牆頭數語而去他日又約於城南郎以事不果來其後從兄官陝右女家不能待乃許他姓女鬱鬱不自聊竟用是得疾去大歸二三日而死又數年郎仕馳驛過家先通殷勤者持冥錢告女墓云郎今年歸女知之耶聞者悲之此州有元魏離

宮在河中潬士人月夜踏歌和云魏拔來野花開故
予作金娘怨用楊白花故事詞云含情出戶嬌無力
拾得楊花淚沾臆春去秋來雙燕子願銜楊花入窠
裏郎中朝貴游不欲斥其名借古語道之讀者當以
意曉云骨化形銷丹誠不泯因風委露猶託清塵是
崔娘書詞事見元相國傳奇
牆頭紅杏粉光勻宋東鄰見郎頻腸斷城南消息未全
眞拾得楊花雙淚落江水闊年年燕語新　見說金娘
埋恨處蒺藜沙草不盡離魂一隻鴛鴦去寂寞誰親惟
有因風委露託清塵月下哀歌宮殿古暮雲合遙山入
翠顰

李仁卿同賦附
陌頭楊柳恨春遲被寒欺滯依依瘦損王孫青瑣
小腰圍牆外瓊枝空照影翠蛾斂游絲百丈飛
燕歸鴈歸書問寂月細風尖供怨笛玉骨成灰聖
得同夢裏音容艮是覺來非多少江州司馬淚斷
腸曲河聲送落暉

玉樓春
吹臺蕭瑟行雲暮一帶雨聲連禁樹正當潘岳感秋時
又到杜陵懷古處　百年同是紅塵路行近醉鄉差有
趣坐中誰是獨醒人我醉欲眠卿可去

定風波

定風波

趣坐中誰是謫僊人我醉欲眠卿可去

又到杜陵尋古處百年同是紅塵路行近酒鄉空有

吹臺簫鼓竹雲暮·帶雨驚連榮樹正當潛占歲秋時

玉樓春

腸曲河聲送落暉

相問夢裏音容更是遼來非少江州司馬淚斷

燕歸鴻歸書問寂月細風尖供總酒玉骨成灰塵

小腰圍瘦外鳳枝空照影綠鮫淚絲百丈絲

陌頭楊柳傾春遲被柔其濟依依瘦損王孫青瑣

李仁卿同賦附

雙蕖

有因風裊露託清塵月下夜深宮殿古暮雲合遙山入

埋恨處漢蔡沙草不盡離魂一隻鸞旗去叔寶誰親惟

眞拾得橋花雙淚落江水閣年年燕語新見說金娘

橋頭紅粉約朱東鄰見郎頭腸斷城南消息未全

崔娘書詞事見元相國傳奇

意曉云問化形鉛丹誠不泯因風裊露猶託清塵是

喪厥中朝貴游不欲斥其名借古語道之讀者以意

拾得楊花淚沾臆春去秋來雙燕子願銜楊花入窠方

予作金娘怨用楊白花故事詞云含情出戶嬌無力

宮在河中運士人月夜踏歌和云魏拔來野花開故

白水青田萬頃秋風煙平楚散羊牛莫放相公黃閣去
留取笑談尊俎也風流　華表仙人人不識今夕鹿車
也到百花洲好把襄江都釀酒爲壽壽星光彩動南州
鄧帥漆水公壽筵遼東大使君在焉大有道術時年九十三矣

二

楊叔能歸淄川予別於山陽作鷓鴣天詞留贈云邂
逅梁園對榻眠舊游回首一凄然當時好客誰爲最
李趙風流兩謫仙居接棟稼鄰田與君詩酒度殘年
飄零南北如相避開歲還分隴上泉因用其意答之
李趙謂閑閑公與屏山也
白髮相看老弟兄恨無一語送君行至竟交情何處好

向道不如行路本無情　少日龍門星斗近爭信淒涼
湖海寄餘生耆舊風流誰復似從此休將文字占時名

蝶戀花

戊辰歲長安作
一片花飛春意減雨雨風風常恨尋芳晚若箇花枝偏
入眼尊前細問春風揀　醉裏看花雲錦爛只記鶯聲
不記紅牙板留著佳人鸚鵡𥖼明朝賸把長條換

二

甲申歲南都作
牢落羇懷愁有信流水浮生幾見中秋閏千古詩壇將
酒陣一輪明月消磨盡　八月人間秋滿鬢桂樹扶疏

酒闌一輪明月消磨盡　八月入間秋滿賞桂樹扶疏
年落帶憂惱有信流水浮生幾見中秋閱千古詩遺將
甲申歲南都作
二
不記紅牙板唱罷佳人嬰鵡蹤明月滿把長條拔
入眼尊前滿目春意風來　醉裏看花雪錦爛只記滿聲
一片花飛減卻春風雨雨風風常恨無晴時若個花枝漏
伏虎歲長安作
蝶戀花
湖海客餘生舊風流　詩後以從此休將文字古時名
向道不如行路本無情　心日醋門里十近手信還涼
遺中　十
白髮相看定弟兄淚無一語送君行至賞文情何處好
李趙謂閑開公與屏山也
飄零客兩北如相避閑歲還分離上泉因用其意答之
李趙風流雨滿詩仙居接棟樑鄰田與君許酒度歲千
近來園葉楊眼舊游回首一處從當時好客誰爲最
得取魚鴻溢川于別於山陽作鴻鵠天詞留贈云遲
二
在郡時嘗飲大有水道公請時運幷遊東十三卿賦
也到百花洲好把黃江都酒爲壽星光彩動西州
留取笑談樽俎也風流　華表仙人不識令公車
白水青田頃秋風還平楚散羊牛莫放相公黃閣去

更與秋風近天上姮娥應有恨騎鯨人去無人問

三

白鹿原新齋作

負郭桑麻秋課重十角黃牛分(去聲)得山田種鄉社雞豚人與共春風漸入浮蛆甕　繞屋清溪醒午夢一榻翛然坐受雲山供四海虛名將底用一聲啼鳥巖花動

臨江仙

自洛陽往孟津道中作

今古北邙山下路黃塵老盡英雄人生長恨水長東幽懷誰共語遠目送歸鴻　蓋世功名將底用從前錯怨天公浩歌一曲酒千鍾男兒行處是未要論窮通

二

飲昆陽官舍有懷

世故迫人無好況酒杯今日初拈昆陽城下酹蒼蟾乾坤悲永夜笳鼓覺秋嚴　夢寐玉溪溪上路竹枝斜出青帘故人白髮未應添浩歌風露下相望一掀髯

三

寄德新丈

自笑此身無定在北州又復南州買田何日遂歸休向來元落落此去亦悠悠　赤日黃塵三百里嵩北幾度登樓故人多在玉溪頭清泉明月曉高樹亂蟬秋

四

與欽叔飲二首

邂逅一尊文字飲春風爲洗愁顔花枝入鬢笑詩班登臨千古意天澹夕陽閒　南去北來行老矣人生茅屋三閒何人得似謝東山紫簫明月底高竹倚風鬟

五

明月清風無盡藏平生老子南樓閣閭談笑說封侯誰能知許事一笑去來休　舊見輞川圖畫裏十年孤負歡游百金早晚得菟裘與君成二老來往亦風流

六

相下與王以道飲席閒走筆爲賦王子東曹掾時同舍郎也

一段江山英秀氣風流天上星郎煙花故國五雲鄉只知心事在爭問鬢毛蒼　千古西陵歌舞地興來忘卻悲涼相逢一醉莫停觴東山看老去湖海丞相忘

七

西山同欽叔送溪南詩老辛敬之歸女几兼簡劉景玄敬之留別詞併錄於此誰識虎頭峰下客少時有意功名清朝無路到公卿蕭蕭茅屋下白髮老書生邂逅對牀逢二妙揮毫落紙堪驚他年聯袂上蓬瀛春風蓮燭影莫問此時情

自笑此身無定在風蓬易轉孤根羨君歸意滿離尊眼中茅屋與稚子已迎門　回首對牀燈火處萬山深裏

孤村故人天末賦招魂新詩憑寄取憔悴不須論

八

世事悠悠天不管春風花柳爭妍人家寒食盡藏煙不知何處火來就客心然　千里故鄉千里夢高城淚眼遥天時光流轉雁飛邊今春看又過何日是歸年

九

醉眼紛紛桃李過雄蜂雌蝶同時一生心事杏花詩小橋春寂寞風雨鬢成絲　天上鸞膠尋不得直教吹散胭脂月明千里少姨祠山中開較晚應有背陰枝小橋南北夢幽尋殘醉瞢騰不易禁一樹杏花春寂寞惡風吹折五更心此予二十年前嵩山中詩也

十

李輔之在齊州予客濟源輔之有和

荷葉荷花何處好大明湖上新秋紅妝翠蓋木蘭舟江山如畫裏人物更風流　千里故人千里月三年孤負歡游一尊白酒寄離愁殷勤橋下水幾日到東州

李輔之和篇附

南去北來人自老落花飛絮悠悠思君一度一登樓無窮煙水裏何處認并州　忽見姓名雙淚落新詩聊浣離愁若為重醉繡江秋芙蓉明月下來往一扁舟

十一

對花懷洛陽舊游

紫玉雙華相照映錦兒仍是瓊兒天邊誰與慰相思洗妝無別物只有斷腸詩　水北水南渾一夢眼中紅袖烏絲春風同是可憐枝爭教歌酒輿不似洛陽時

十二

贈仲經女子楚楚

阿楚新來都六歲掌中一捻嬌春詩中有筆畫難眞芝香雲作朶魚細錦爲鱗　舊說張門多靜女更和靈照情親（外家姓龐氏）誇談休遣孔兒瞋異時看小妹林下謝夫人

十三

內鄉寄嵩前故人

昨日牛山亭下醉窪尊今日留題放船直到淅江西水壺天上下雲錦樹高低　世上紅塵爭白日山中太古熙熙外人初到故應迷桃花三百里渾是武陵溪

十四

內鄉北山

夏館秋林山水窟家家林影湖光三年閒爲一官忙簿書愁裏過筍蕨夢中香　父老書來招我隱臨流已蓋茅堂白頭兄弟共論量山田尋二頃他日作桐鄉

十五

孟津河山亭同欽叔賦因寄希顏兄

試上古城城上望水光天影相涵都將形勝入高談河

山君與我獨恨少髯參　造化戲人兒女劇狙公暮四朝三百年都合付薰酣人家誰有酒吾與典春衫

江月晃重山

初到嵩山時作

塞上秋風鼓角城頭落日旌旗少年鞍馬適相宜從軍樂莫問所從誰　候騎纔通薊北先聲已動遼西歸期猶及柳依依春閨月紅袖不須啼

虞美人

題蘇小小圖

桐陰别院宜清晝入坐春山秀美人圖子阿誰留都是宣和名筆内家收　鶯鶯燕燕分飛後粉澹梨花瘦只除蘇小不風流倒插一枝萱草鳳釵頭

二

櫻桃元是仙郎種次第芳菲動開殘山杏沒都紅一樹梨花如雪月明中　三生蝶化南華夢只有情緣重曲闌幽徑小簾櫳好共掃眉才子管春風

小重山

醉盡春風意未闌纏頭雙鳳錦覓端端多情胡蝶送歸鞍揚州夢芍藥鷹金盤　羅幌酒醒寒燈前朱麝淺翠螺殘一春心事紵衣寬青鸞客樓外日三竿

二

酒冷燈青夜不眠寸腸千萬縷兩相牽鴛鴦秋雨半池

蓮分飛苦紅淚曉風前　天遠鴈翩翩鴈來人北去遠
如天安排心事待明年無情月看待幾時圓

鵲橋仙

同欽叔欽用賦梅

孤根漸煖芳魂乍返待吐檀心又嬾未先拈出一枝香
算只是司花會揀　情緣未斷韶華易減早去尋芳已
晩東風容易莫吹殘暫留與何郎慰眼

二

梨花春暮垂楊秋晚歸袖無人重挽浮雲流水十年間
算只有青山在眼　風臺月榭朱脣檀板多病全疏酒
琖劉郎爭得似當時比前度心情又減

三

乙未三月冠氏紫微觀桃符上開花一枝予與楊煥
然共歎以為此亦當卻一春耶因取此意作此以自
愉云

槐根夢覺瓜田歲暮白髮新來無數長安還客望朱崖
未喚得煙霄失路　西州芍藥南州瓊樹香滿雲窗月
戶葳蕤沙上野花開也算卻春風一度

惜分飛

戲王鼎玉同年

人見何郎新來瘦不見天寒翠袖繡被熏香透幾時卻
似鶯鶯讀　九十日春花在手可惜歡緣未久去去休

回首柔條去作誰家柳

南鄉子

一雨浣年芳燕燕鶯鶯滿洛陽梨雪漸空桃李過風光恰到風流睡海棠　何處最難忘楊柳高樓近苑牆喚取分司狂御史何妨暫醉佳人錦瑟傍

二

煙草入西州暮雨千山獨倚樓不似秦東亭上飲風流翠袖春風兩玉舟　事去重回頭卻是多情不自由為向河陽桃李道休休青鬢能堪幾度愁

三

風雨送春忙爛醉花時得幾場枝上桃花吹盡也殘芳

一月春風一月香　少日為花狂老去逢春只自傷回首十年歡笑處難忘一曲悲歌淚數行

四

少日負虛名問舍求田意未平南去北來今老矣何成一線微官誤半生　孤影伴殘燈萬里燈前骨肉情短髮抓來看欲盡天明能是青青得幾莖

五

幽意曲中傳總是才情得處偏唱到斷腸聲欲斷還連一串驪珠箇箇圓　畫扇綺羅筵韓馬風流在眼前坐上有人持酒聽淒然夢裏梁園又一年

踏莎行

微步生塵殘妝暈酒朱門如海空回首東風正有去年花柔條去作誰家柳　細雨春寒青燈夜久孤衾未煖還分手夢中見也不多時怎生望得長相守

桃源憶故人

代贈艮佐所親

楚雲不似陽臺舊只是無心出岫竹外天寒翠袖寂寞啼妝瘦　絃聲宛轉春風手殢得行人病酒明日西城回首腸斷江南柳